D1466194

Un Noël étoilé

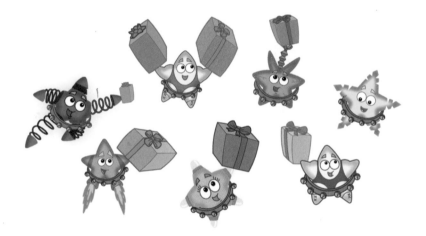

par Christine Ricci
illustré par A&J Studios

Presses Aventure

Paru sous le titre original de : *Dora's Starry Christmas*

Ce livre est une production de Simon & Schuster.

Publié par Presses Aventure, une division de
Les Publications Modus Vivendi Inc.
55, rue Jean-Talon Ouest, 2e étage
Montréal (Québec)
Canada H2R 2W8

Dépôt légal - Bibliothèque et Archives nationales du Québec, 2006
Dépôt légal - Bibliothèque et Archives Canada, 2006

Traduit de l'anglais par : Catherine Girard-Audet

ISBN 2-89543-409-3

Nous reconnaissons l'aide financière du gouvernement du Canada par l'entremise du Programme d'aide au développement de l'industrie de l'édition (PADIÉ) pour nos activités d'édition.

Gouvernement du Québec — Programme de crédit d'impôt pour l'édition de livres — Gestion SODEC

C'était la veille de Noël et tout le monde dans la maison de Dora était très excité à cause de la fête. Le petit frère et la petite sœur de Dora avaient très hâte que Dora leur raconte l'histoire du père Noël et de ses rennes.

« Très, très loin d'ici, dans un petit magasin de jouets du Pôle Nord, habite un vieil homme joyeux qui s'appelle père Noël », commença Dora.

« Ooooohhh ! » gazouillèrent les bébés.

« Chaque veille de Noël, les rennes volants du père Noël tirent son traîneau tout autour du monde pour distribuer des cadeaux », continua Dora.

Soudain, ils entendirent un tintement et un bruissement provenant de l'extérieur !
« Je me demande qui cela peut bien être », dit Dora.

Ils se précipitèrent tous à l'extérieur juste à temps pour voir le traîneau du père Noël et ses huit rennes volants atterrir dans le jardin-avant !
« *Help me, please !* J'ai besoin de votre aide », s'écria le père Noël.
« *Atchoum !* » éternuèrent les rennes.

Le père Noël leur expliqua que ses rennes avaient attrapé le rhume.

« Si mes rennes ne se sentent pas en pleine forme, ils ne pourront pas voler autour du monde pour distribuer les cadeaux. Mes surprises de Noël seront ruinées ! » s'écria le père Noël.

« Je peux aider les rennes à se sentir mieux », dit Diego. Il enveloppa chacun des rennes dans une couverture chaude et confortable et il leur prépara une soupe spéciale aux carottes.

« Maintenant, ils ont seulement besoin d'un peu de temps pour se reposer et ils se sentiront beaucoup mieux ! » dit Diego.
« Mais comment pourrai-je faire voler mon traîneau sans mes rennes ? » demanda le père Noël.

Dora savait que le père Noël avait besoin d'aide pour effectuer toutes ses livraisons de Noël. Elle eut soudain une idée. « Les Étoiles exploratrices peuvent faire voler ton traîneau et t'aider à sauver Noël ! » s'exclama-t-elle.

« Étoiles exploratrices, venez vite ! s'écria Dora. Nous avons besoin de votre aide ! »

Huit Étoiles exploratrices surgirent alors de la poche d'étoiles brillantes de Dora et s'attachèrent au traîneau du père Noël.

« Je vais rester ici pour prendre soin des rennes », dit Diego au moment où *Mommy, Daddy, Grandma* et les bébés dirent au revoir de la main.

« Plus haut, plus haut et encore plus haut ! » s'écria le père Noël tandis que les étoiles Supra, Ultra et Méga utilisaient leur force pour tirer le traîneau très haut dans le ciel étoilé.

Grâce à l'aide de l'Étoile Fusée, le traîneau vola plus vite qu'il ne l'avait fait auparavant. Ils arrivèrent bientôt au premier arrêt. Le père Noël demanda à Dora et Babouche de l'aider à distribuer tous les cadeaux aux baleines, aux poissons et aux tortues de l'océan.

« Joyeux Noël à tous ! » s'écria Babouche alors qu'ils lancèrent soigneusement, Dora et lui, chacun des cadeaux.

Les Étoiles exploratrices tirèrent ensuite le traîneau vers la montagne la plus élevée. L'Étoile Jumping aida le traîneau à sauter jusqu'en haut de la montagne pour que le père Noël et ses assistants puissent remettre des cadeaux à tous les animaux endormis vivant dans la montagne.

Puis l'Étoile Jumping effectua un super saut pour distribuer un cadeau à la lune alors que l'étoile Freezing transforma les arbres pour créer de splendides merveilles d'hiver.

Au cours de la nuit, les étoiles Exploratrices tirèrent le traîneau dans les petits villages et les grandes villes. Le traîneau atterrit sur tous les toits pour que le père Noël et ses assistants puissent remplir chaque bas de Noël et distribuer des cadeaux à chaque fille, à chaque garçon et à chaque animal de la planète.

Ils prirent soin de n'oublier personne... Pas même la plus petite souris.

Alors qu'ils se dirigeaient vers la forêt pour y distribuer des cadeaux, des nuages couvrirent la lune.

« Je n'arrive pas à voir, dit le père Noël. Il me faut plus de lumière. »

« Ne t'en fais pas, dit Dora. L'étoile Incandescente peut aider ! »

Les lumières de l'étoile Incandescente se mirent alors à briller de façon éclatante.

« Maintenant peux-tu voir la forêt ? » demanda bord.

« Je la vois ! » s'écria le père Noël en dirigeant son traîneau vers la cime des arbres.

Les Étoiles exploratrices tirèrent ensuite le traîneau vers une grange, un jardin et une maison dans un arbre.

« Peux-tu trouver les cadeaux pour Totor, Véra et Tico ? » demanda le père Noël. Dora et Babouche cherchèrent dans le traîneau et trouvèrent des cadeaux spéciaux pour leurs amis.

« Et voici un cadeau pour Chipeur ! » s'exclama Dora.
« Je crois que Chipeur apprécie vraiment Noël », rigola
Babouche en apercevant le terrier de Chipeur.

À l'aube, le père Noël dirigea finalement son traîneau vers la maison de Dora. Le père Noël fut très heureux de voir que ses rennes allaient beaucoup mieux !

« Merci d'avoir aidé mes rennes et d'avoir distribué les cadeaux de Noël. Je n'aurais jamais réussi sans votre aide », dit le père Noël. Il mit sa main à l'intérieur de son sac presque vide et il en sortit un cadeau très spécial pour ses assistants.

Lorsqu'ils déballèrent le cadeau, ils aperçurent une boîte à musique toute particulière.

« Cette boîte à musique vous rappellera toujours la nuit où vous ave aidé à sauver Noël », dit le père Noël.

« *Thanks !* » s'exclamèrent Dora, Babouche et Diego.

« Maintenant, allons célébrer ! » dit le père Noël avec enthousiasme

« C'est gagné ! dit joyeusement Dora. *Merry Christmas !* Joyeux Noël !